KB151832

2021년
제11회 동백시화전 사화집

파도가
동백에게 묻다

제11회 동백시화전 사화집

파도가 동백에게 묻다

초판인쇄 | 2021년 7월 15일
초판발행 | 2021년 7월 17일

지 은 이 | 배재경 외
펴 낸 이 | 배재도
펴 낸 곳 | 도서출판 작가마을
등   록 | 제2002-000012호
주   소 | 부산광역시 중구 대청로 141번길 15-1 대륙빌딩 301호
　　　　　 T. 051248-4145, 2598 F. 051248-0723
　　　　　 E. seepoet@hanmail.net

ISBN 979-11-5606-172-4 03810   정가 10,000원

구민에게 위로가 되는
뜻 깊은 행사가 되시기를

홍순원 (해운대구청장)

'제11회 해운대 동백시화전' 개최와 '사화집'의 첫 발간을 진심으로 축하드립니다.

어려운 여건 속에서도 시화전 개최를 위해 각고의 노력을 기울이신 배재경 회장님을 비롯한 관계자분들의 노고에 아낌없는 박수를 보냅니다. 아울러 시화전에 참여해주신 모든 작가님들에게도 감사의 말씀을 드립니다.

1996년 결성된 이후 지금까지 시, 수필, 동시, 동화, 소설, 평론 등 장르의 구분 없이 자유로운 문학담론과 문학지를 발간해온 해운대문인협회의 지나온 역사는 해운대구가 문화도시로 성장해 가는데 큰 밑거름이 되어 주었습니다.

코로나19로 힘들고 지쳐있는 때에 개최되는 동백시화전의 소식이 더욱 반가운 것은 그간 아름다운 문학 한 편을 통해 해운대문인협회가 해운대구민에게 주는 따스한 위로의 힘 덕분인 것 같습니다.

'제11회 해운대문인협회 동백시화전'과 '사화집' 발간이 코로나로 지친 해운대구민에게 재충전과 위로가 되는 뜻 깊은 시간이되길 바랍니다. 감사합니다.

코로나의 안전망에서
순도 높은 작품 생산을!

배 재 경 (해운대문인협회 회장)

　지긋지긋한 코로나 사태가 두 해나 우리에게 머물러 있습니다. 백신접종으로 진정국면에 들어가는 것 같습니다만 변이 바이러스가 퍼지면서 안심할 수 없는 상황은 계속 되고 있습니다. 이러한 세계적 펜데믹 현상은 전례 없는 일이기에 누구는 제3차 대전에 비유하기도 했습니다. 하지만 1, 2차 세계대전은 아군과 적군이 분명히 구분이 되었지만 지금의 세계대전은 전 지구적 공동의 적을 마주 하고 있습니다. 하지만 연합국에도 빈부의 격차가 있어 백신접종이 원활히 이루어지는 나라가 있는 반면 백신은커녕 치료조차 제대로 못 받는 나라도 수두룩합니다. 그런 점에서 보면 코로나는 잘난 사람이나 못난 사람이나 똑 같이 파고드니 아주 공평합니다. 그 대응에 따라 감염의 난이도가 다를 뿐이지요.

　이러한 어려움 속에서도 예술은 꽃이 피어납니다. 아니 어려움이 가중될수록 예술성은 더욱 함축된 이미지를 던져줍니다. 일그러진 우리의 자화상인 셈이지요. 이러한 와중에도 우리 해운대문학인들의 문학창작은 멈추지 않았습니다. 오히려 지난해보다 더 활발한 활동을 보이는 회원들을 볼 때 가슴 뿌듯합니다. 이 자리를 빌어 그 창의성에 박수를 보냅니다.

　동백시화전이 올해로 11주년이 됩니다. 강산이 변한다는 10년을 넘어 새로운 10년을 위해 또 나아갑니다. 동백시화전이 전국

적인 입소문을 타면서 동백섬에서 시화전을 기획하는 단체들이 늘어나고 있습니다. 그만큼 관람자들이 많다는 반증입니다.

지난 11년을 뒤돌아보면 우리 회원님들의 창작과 참여활동 외에도 해운대구청의 지원이 한몫 했습니다. 이 자리를 함께 한 홍순헌 구청장님과 관계자분들에게 고마움을 전합니다.

그리고 무엇보다 전 해운대 문학인들이 올 한해도 코로나의 안전망에서 순도 높은 작품들을 창작해주실 것을 당부와 주문을 드립니다. 고맙습니다.

제11회 동백시화전 사화집
파도가 동백에게 묻다

2021 · 제11회
**동백시화전
사화집**

파도가 동백에게 묻다

아바타 외

강 대 종

손에 잡힌다 손가락에 터치 당하여
여자의 호기심을 자극토록
잠자는 얼굴 문질러서 눈을 열면
딩동 소리와 함께 답장온다
눈을 떼지 못하도록 살포하는 소식들을
건강 경제 환경 문제를 진열해 둔다
큰 손으로 등짝을 잡고 이마를 두드린다
입을 열어 궁금증을 읽어준다
움직일 때마다 위도와 고도의 위치를 측정하여 기록하고
말하고 듣고 보는 것을 저장한다
잠잘 때 머리맡에 불침번을 서고
노래시키고 영화관람 요구한다
화장 고치는 여자 얼굴 들여다보며
이물질과 주름살이 싫다고 유리 팩을 붙여본다
안경 사이로 선명한 얼굴을 요구할 땐
음악소리 울려 대화를 연결할 때면
고함지르고 화난다고 몸을 집어 던진다
빨리 반응을 보여주지 못할 때 도태되므로
일거수일투족 기록하여 대기하고 있다
가슴이 터질 것 같아 에너지를 흡입하고.

오소리 발자국

비탈 언덕의 낙엽 위에 찍힌
발자국 행렬
멧돼지 늑대의 거친 숨소리 피하고
장애물 만나면 둘러 가고
낭떠러지 위에 기울어지며
격한 곳 잘려나가
토끼 노루 똥이 굴러 간다
가다가 사라지고
없어서 미끄러지고 다시 만들어지는
정상으로 솟아가는 길
수 십 만이 밀고 간 길
발 도장 찍은 바위 위에
오래 머뭇거린 기척, 흘러 나온다
마를 듯 끊길 듯 약수 물소리

강대종
경남 남해 출생. 2018년 《해운대문학》으로 작품 활동. 해운대문인협회 사무차장.

옵스큐라, 그 바다 외

고 훈 실

신생의 바다는 흰 발바닥이다
모래가 묻기 전 파도의 실패가 패이기 전
심장이 먼저 환했다

발바닥을 가둔 카메라가
뇌의 바깥을 몇 컷
플라스틱으로 오염된 내장이 철썩인다 뜻밖의 아이들이 오리
발을 휘젓는다

내 기억의 안감은
현상작업 중이다 이가 드러나듯 그 바다
엉성한 갈비뼈를 내민다

흰 발바닥이
자꾸 괜찮냐고 물었다.

메타버스

공손한 고글을 쓴다
고글 속 까페는 브런치에
능하다

아바타가 친구 아바타를
소개한다 그의 눈에
내 눈알이 딱 들어맞는다

아무도 묻지 않고
아무도 멈추지 않는
이 세계는 불투명한 꽃병이다

갈라진 곳에서
더 갈라지고
비밀 아래 비밀의
뿌리가 누워 있다

공공연한 우리가
손톱을 나눠 먹고
무한 복제 된다

하나는 일터에

하나는 하느님께
또 하나는 파란 픽션에
복무한다

방부제에 담근 해가
잠깐 죽는 사이
흰 마네킹들이
도로를 활보한다

공손한 고글 위에
무한 반복되는 생일들
뛰면서 자고 걸으면서
꺽이는
멜랑콜리아

놀랍게도 나는 일요일의 화자話者다

고훈실
2010년 《시문학》 등단. 해운대문인협회 사무국장. 시집 『3과4』.

해운대 사랑 외

김 광 자

백사장에 귀를 묻고
오래된 이름을 부르면
'오 – 오' 하며 달려오는 그 사람

파도가 몸집 째 부서지고
낮 바다가 하얗게 허기질 때
모래 테 그어가며 가을로 떠난 우리들

오십여 년
하루도 거른 날 없이 불러
아직도 귀먹지 않고
달려오는 젊음의 나날들
'아 – 아' 하며
가슴 헤집어 멀리도 달려온다.

지금은 은발銀髮을 날려
깊이 묻힌 소라귀 대어보면
그 오랜 초상肖像은 온 백사장을 비집고
푸른 연가를 부르는
내 사랑 해운대

습신襲신*

무거운 짐 싣고 온 역마의 강
두 짝 지게 빈 배도 보내고
새 신 갈아 신으면
못 벗어 무게 겨운 이정표
한련초 꽃밭에서
버선코 높은 배웅을 노래하리

꽃상여 따라가는
베갯속 흐르던 강 맨발로
하얀 새 신 갈아 신고
한련초 꽃잎 밟아
배따라기 요령* 꽃상여 장단 맞춰
배웅가 부르리.

* 습신 : 시신에 신기는 종이 신발.
* 요령 : 놋쇠로 만든 작은 종, 솔발(쇠방울), 방울을 달아 흔들어 소리를 내는 물건.

김광자
《月刊文學》 등단, 부산시인협회 전 이사장, 국제펜한국본부, 한국문인협회 이사 역임. UPLI · KC : united poets laureate international–korea center, 국제계관시인연합회 회원. 시집 「그리움의 美學」('15세종우수도서선정), 「침류장편枕流掌篇」 시선집 「불타는 서설瑞雪」, 「내 삶이 감파랗던 해운대 萇山자락에서」 등 13권. 부산시 문화상, 윤동주문학상, 국제펜문학상, 대한민국향토문학상, 부산시인협회상, 설송문학상, 해운대애향대상, 부산문학상, 한국바다문학상 등 수상.

스카이 투어 외

김 득 진

관광버스에 일가친척 빼곡히 앉았어요
수다 떠는 큰엄마 등받이를
졸리는 아버지 두건이 툭툭 치구요
오징어 질겅거리는 숙모 곁에서
찌푸린 삼촌이 강소주를 마셔요
이어폰 맞춰 엇박자 고갯짓하는 아이들
뒷자리는 4차원 세상이지요

지나온 시간 되짚는 버스
털털거리는 길로 휘어들지요
차단기 소리 맞춰 망연자실 내려 선 일가친척들
버스 뒤로 향하면요
빠져 나온 궤짝은 눈부신 수레가 낚아채요

외길 들어선 지 한 시간
굴뚝 위 구름 조각
마지막 퍼즐 끼워 맞추네요
허공에는 수의 한 벌
스카이투어 기념 공연 펼치지요

나홋카의 안개

바다를 떠돌던 안개가 외딴 항구로 몰려든다
하얀 배의 연돌에서 피어오른 연기가 안개와 뒤섞인다
안개의 미세한 입자 속으로 파고든 뱃고동이 공명을 일으킨다
어느 순간 알로나가 탄 배를 안개가 삼켜버린다
바닷물을 들이켠 뒤의 미쳐버릴 것 같은 갈증이 왈칵 밀려든
다
알로나를 떠올리려 노력하지만 아무리 애를 써도 그녀 모습
은 흐릿할 뿐이다
알로나는 떠나면서 내 머릿속에 든 기억까지 거둬간 것 같다
꿈에서 깨고 보니 안개는 말짱하게 걷혀 있다

정신을 차리고 망원경을 들여다본다
하얀 배 한 척이 접안렌즈에 포착된다
배에 다가가는 여자는 빨간 캐리어를 든 알로나다
그녀가 갱웨이를 바삐 오른 뒤 누군가가 그걸 천천히 끌어 올
린다
뱃고동이 유난히 길게 울려 가슴이 시리다
진군하는 병사들처럼 삽시간에 안개가 몰려든다
항구가 안개로 뒤덮여 배는 보이지 않는다
안개 걷히길 기다리는 시간이 초조하다

해풍에 안개가 서서히 걷힌다

알로나가 탄 배는 보이지 않는다
나는 망원경을 들고 미친 듯이 바다를 헤집는다
멀어진 안개가 수평선을 지우고 있을 뿐, 배는 흔적조차 없다
나는 항구의 운항 통제소에 전화를 걸어 하얀 배의 도착지가
어디인지 묻는다
직원은 느리고 또박또박한 러시아 말로 대답한다
하얀 배는 항구에 입항한 적이 없다고

* 2014년 동양일보 신춘문예 당선작 '나홋카의 안개' 중에서

김득진
2012년 제8회 '자연사랑 생명사랑' 시공모전 대상. 2014년 동양일보 신인문학상 당선. 경북
일보 문학대전 금상. 2015년 제8회 해양문학상 중편 당선. 2016년 제4회 포항소재문학상
대상.

해운대는 푸르다 외

김 무 영   Kim Moo Young

수평선 가물대는 천혜의 푸른바다
옷벗고 속삭이는 낭만의 파도 너머
갈매기 노랫소리에 해운대는 푸르다.

The blue sea where is blessed,
where horizon flickering

Naked, whispering,
and romantic waves are rolling
all the way to the horizon

Seagulls are singing,
Haeundae is Blue and Clear.

* 번역 Translation : Kim Min Jung

동백섬에서

해 뜨기 전 눈을 뜨면
발걸음 닿는 대로 돌아보는
아늑한 동백길 따라
불어오는 갯내음에
동백꽃 하나 둘 피어난다

동백섬 허리를 붙들고
알몸 되어 서있는 황옥공주
전생에 무슨 죄가 그리 많은지
밤새 허연 파도에 부대끼며
차가운 바닷물 뒤집어쓰고 있을까

해운 선생 동상 너머
즐비하게 늘어선 반딧불이처럼
깜빡이는 통통배 불빛 사이로
오륙도가 대여섯 가물거리고
덩치 큰 화물선이 느릿느릿 걸어온다

은하수 머물다 간 자리
새벽을 일깨우는 파도를 타고
검붉은 태양이 솟아오르는
밝아오는 새아침을 맞이하며

금빛으로 출렁이는 동백섬에서.

김무영
1994년 《문예시대》 등단. 1994 in Debut. 한국문인협회, 부산문인협회, 부산시인협회 회원.
해운대문인협회 부회장 역임. 시집 『고향의 노래』 외.

동백섬의 봄날 외

김 미 순

너 있던 자리
아슬아슬 외로움만 출렁거려
빨갛게 노을 속으로 뛰어드는
한 계절의 몸짓만 뜨거운 이 곳

두근두근 실핏줄 붉음으로 물들어
추운바람을 통과한 속내 환한 노랑씨방
한 겹 한 겹 저며 모은 가슴 저린 동백꽃

설레임 반짝이던 바람의 모서리
그냥 툭, 툭, 툭, 내려놓는
울컥 쏟아져 내리는 서러운 봄날이여.

감자론

많이 바쁘다는 봄 햇살 잠깐 빌려
냉장고속 말라가는 양파와 마늘을 집어내고
부서진 멸치가루를 닦아낸다

계절의 화음이 필요했나봐
검정비닐 속 철지난 감자 몇 알
흙덩이 밀듯 삐죽삐죽 새순을 틔워
울퉁불퉁 고랑을 이루고 있다

잘 견뎌낸 안부를 묻는 몸짓
그렇게 캄캄함도 추움도 떠밀고
서로 붙잡고 얼굴 부비는
생의 기쁨이 불룩거리는 시간이 온다면

흙도 잠시 침묵하는 감자론에
한 표 던질 일이다
같이 봄꽃을 볼 수 있다면.

김미순
1987년 《문학과 의식》 등단. (사)부산시인협회 이사장. 부산문인협회 부회장. 부산여류문
인협회, 해운대문인협회 회장 역임. 한국현대시인협회 이사. 부산문학상 본상. 부산시인협
회상 본상. 한국해양문학상 최우수상 수상. 시집 「바람, 침묵의 감각」「선인장가시, 그 붉
은 꿈」 외.

해운대 우2동 외

김 삼 문

해운대
우리 동네는

주민자치 구민 만남으로
주민의 꽃 주인이 되고
행정이 함께 열어가는
먼 미래 꽃
꽃향기 알알이 들어와

우동천이 흘러서
자연의 멋 포용하는 바다 닮은
주민이 사는 우2동
철 따라 찾는 사람들로
어이 맞이할까

과거와 오늘도
주민의 이름으로
구민과 걸어온 사십 년
얼씨구, 좋아

주민의 이름으로 살아갑니다.

중년의 한 남자

한 남자가
부드러운 입술을 깨물고 있다

온종일
시름하는 세상사
엮어 놓은 영혼이라도 흔들리는 듯
깨문 입술이 파르르 떨고 있다

중년의 한 남자
뚜벅뚜벅
손 내미는 눈가에 잔주름
나이테를 건네고

여보게,
어이 그리 세월을 이기려고 하는가.
중년의 한가운데에서
중년이 통째로 흔들린다.

김삼문
2009년 《詩와수필》 등단. 해운대문인협회 부회장. 시집 『또랑 놀이』, 『달빛 그을음』. 현재 동의대학교 교수.

오월의 푸르름이여 외

김 선 례

해운대 푸른 물결 하늘엔 흰 구름
바람 따라 종종 되며 걷는 발자국
모래톱에 씻긴 무언의 순간마다
다시 읊어보는 시심이여

저 멀리 숨차게 달려오는 흰 파도
갈매기 떼 노래하는 그리운 바다
아련히 피어나는 동백꽃 연가
삼삼오오 푸른 잎새들 찬양

그대여 푸른 오월의 젊음 날들
사랑하고 용서하고 희망을 꿈꾸며
끝없는 세월의 한복판에서
주워진 참 길을 따라 곱게 피어라

인어의 전설

하늘 문이 열리고 인어의 나라
나란다 에는 곱고 아리따운
황옥 공주가 살았다네
이쁘고 여린 딸을 나란다 왕은
머나먼 나라 무궁 국
은혜 왕에게 시집을 보냈지

인간으로 변한 황옥 공주는
동백섬에서 고향이 그리워
날마다 그리움의 야위어가고

안타까이 바라본 은혜 왕
시집올 때 조모께 받은 황옥
달빛에 비추어보라는 지아비
둥근 달이 환히 뜨는 밤이며
황옥을 달에 비추어
인어의 모습으로 변해
마음껏 헤엄치며 놀던 동백섬

김선례(文正)
전남 영암 출생. 2008년 《문학세계》 등단. 2010년 《문학시대》 수필 등단. 부산시인협회, 해운대문인협회 이사 역임. 국제펜클럽, 한국문인협회, 경남문인협회, 진해문인협회, 경남기독문인회 회원. 부산호우문학 부회장 및 재무국장. 부산시인상 우수상. 시집 「한세상 살기」, 「인내와 용서」, 「별을 헤는 밤」, 「창세기 바다」

일광역 외

김 섶

푸른 습자지 같은

호박잎 따서
차곡차곡 짊어진 새

그는
오일장 풍물처럼 떠돌고.

반 광대 된
수양 버드나무
한
그루로 남아

머위 이파리 데친
냄새 같은.

극한직업
  - 한글교실, 분례씨 이야기

울어본 적이 없습니다

형상 없는 피카소 그림이었습니다

팔 남매 막내
어머니 얼굴을 기억하지 못합니다
교실 문턱을 밟아 본 적이 없습니다
문풍지 사이로 학교 운동장
가끔씩 담장 넘어 풍금 소리
가을철 누런 들깨 밭두렁 주저앉아
만국기 펄럭이는 목쉰 함성을
들었습니다
선잠 깬 참새 떼
염소 집 돌아오는 끝까지
무당 작두 타듯 머리채를 잡힌 옷 보따리는
촌 장터를 뛰어다녔습니다
거북이 등짝 발바닥
거칠고 안개 자욱한 이끼 낀 늪지대
칠십 골목을 뒤로하고
네모 칸 공책이 되었습니다
닿소리가 되었습니다
홀소리가 되었습니다

지금은 고층건물 청소하는 벽면
큰언니가 일러준
기억도 없는 어머니 이름을
적을 수도 있습니다
김 너미

혼자 사는 그는 오늘도
일하러 갑니다

그는
등불을 든 나이팅게일 두 명
읍내 유럽빵 굽는 냄새
울릉도 밤바다 대낮같이 불 밝히고
오징어 낚는 선장
밤새 달리는 화물트럭
오 남매 혼자 지켜낸 어머니십니다

지금 그는
가지런히 깎은 노란 연필 열 두 자루
네모 칸 일기공책
이불장 깊숙이 숨겨 놓은
동방예의지국

대나무 숲 바람 같은 시어머니십니다

울어본 적 없습니다

김섶
경남 거제 출생. 2013년 《부산시인》 등단. 해운대문인협회 이사. 부산시인협회, 열시사십오
분 회원. 시집 「나는 모든 절기를 편애한다」

해변열차 외

김 순 옥

아무도 찾지 않던
버려진 철로 동해남부선 기지개를 켠다
꾹꾹 누른 무게 털어내며
망중한 아닌 망중한 끝내고 잠자던 평행선 깨어난다
수없이 달리고 달리던 철로 그때 떠올리며 다시 살아난다

앞이 뒤가 되고 뒤가 앞이 되는 해변 열차
걷는 듯 가볍게 달리는 장난감 같은 스카이캡슐
미포 달맞이 청사포 낯익은 이름 불러 세운다
얼마나 달려가 보고 싶었을까
얼마나 애태우며 기다렸을까
힘껏 반가운 악수를 하고
뜨거운 포옹을 나누고 하이파이브도 한다

끝없이 펼쳐진 고요한 바다
물비늘 은빛으로 가을 햇살에 눈부시다
빛바랜 추억이 떠올라 바다 풍경에 풍덩 빠져들 때

열차는 청사포 정거장에 도착한다

 언덕에 서 있는 붉게 물든 마가목 레일의 꽁무니를 굽어보고
있다

수선화

나를 너무 사랑하기로 한다

연두가 눈을 뜬다
아직은 어설픈 봄날
얇은 햇살을 잘라먹고
졸린 눈 비비고 얼굴 내민다

연못에 비친 내 모습 황홀하다
숨길 수 없는 속내

밀려오는 외로움
점점 깊어가는 외로움
물속으로 몸을 던진다

나는 외로워하지 않는다
사랑하다 꽃이 될 테니까
어느 누가 비난해도 꼿꼿하고 당당하다
나를 사랑한다고

그 외로움의 순간은 외로움이 아니고
나를 사랑하는 순간이라고
나는 외로워하지 않는다

사랑하다 꽃이 되었으니까
볼을 스쳐가는 바람이 간지럽다
물가에 꽃 한 송이 피어난다

김순옥
2015년 《문학도시》 시 등단. 부산문인협회, 부산불교문인협회, 해운대문인협회 회원.
시집 『침묵이 깊어진다』.

사량도 외

김 태 봉

우리 함께 해요!
그 한 마디가 왜 이리
가슴 깊이 와 닿는지
모르겠다

늦은 4월 사량도 뱃길에
발을 올리며 수평선
아득함에 지긋이 눈을 감고
갯바람을 마신다

방대하게 펼쳐진 부표들
거센 물살을 버티며
정열 된 근엄함이 나를
압도한다
한 뜸 한 뜸의 손길이
경이롭다
오늘밤 별빛 축제에
그대를 초대할까

생각은 꼬리를 물고

사량대교 밑을 지날 때면
펼쳐진 한 폭의 그림처럼
칼등을 타고 옥녀봉이
우뚝 눈앞에 들어선다

뱃머리 시름없는 여가에
허기를 채우고 옥동 길목을
들어서니 보리밭 언덕에
작은 궁전이 우리를
기다리고 있었다

여정을 풀며 대포 한 잔은
일품이다
이 맛을 누가 알랴!

호쾌한 웃음 띄는 눈길에
하얀 포말을 세워 섬 사이
가로지르는 뱃길 따라
지는 해 바라보며 발길은
어느새 둘레 길을 나섰다

윤슬을 깔아놓은 하도자락

훔치는 옥빛바다
비취에 묻혀 죽일듯한
유혹에 빠져 자아도취에
말문이 닫힌다

성개고개 절벽 위로 쉬어가는 구름 한 점
황금빛 깃을 세워 가장자리 석양을
품었는가
땅거미 내리면
옥바위 구르는 맑은 물소리
귀 기울이며 언덕을
서성인다

퇴색된 낮달은 천상에
버려지고
수우도 바라보며 정자에 둘러앉아 왁자지껄
황혼빛 가득 찬 술잔 기울이며
"우리 함께 해요"

누군가 건배사에 가슴이 뭉클
또 다른 면모로(낙양산)
예 갖춰진 품위로

창 한 구절에 목을 놓으니
이처럼 아름다울 수가
신선이 따로 있나
선비를 빙자한 학처럼
석양이 손끝에 머물렀으니
추든 춤을 멈추지 말라

정적을 깨뜨리려 신뢰의
결실이 매듭처럼
"우리 함께 해요"

그 한 마디가 가슴 안벽에
새겨지는 순간
나는 속으로 울었다

천년을 버텨온 고목처럼

쌍 돛 뱃길 따라

설한풍 된바람에 오륙도
거친 물살 옥치끝 할퀴고
소용돌이 가로지르는
청사포 뱃길 아득하다

찬질 드는 겨울바다
이른 햇살 내리면
피어오른 해무 속에
안쓰러운 철새
종종걸음 수놓아

쉼 없는 파도 침묵의 세월
허기진 갈등에 석양빛
여울지면 나 또한 풍문에
스쳐가는 바람 인 것을

김태봉
2016년 《여기》 등단. 부산시인협회 회원. 해운대문인협회 이사.

바다야 고마워! 외

김 학 균

간밤에 바다가 울어
창문을 닫았는데

햇살 문을 열고
푸른 바다가 웃고 있다.

품 넓은 바다에
지친 마음을 올려놓는다.

해운대 석각

풍화의 긴 세월
사모하는 오륙도 베개 삼아
천년을 살아 온 해운대 석각

하늘 마주하며
별빛 지나가는 어둠의 터널도
스치는 바람에 땀을 닦아 내며
천 년, 또 천 년 지켜온 위엄

북녘 먼 당唐에 필경을 놓고
명경을 찾아 이른 극동 동백섬
해운은 해원의 동쪽 끝에
발자국을 찍어놓았다.

김학균
2008년 《모던포엠》 등단. 전 해양수산부 남해수산연구소장. 해운대문인협회 이사. 한국문인
협회 회원. 저서 『더 멀리 나라 밖 여행 그리고 세상 풍경 속으로』, 『굽이굽이 정겨운 여정』,
『해양 적조』 외. 모던포엠 문학상 은상 수상.

고궁古宮 문살 외

김 호

은밀히 새 나오는 숱한 비밀 들었지만
격자의 틀 안에서 침묵으로 재웠습니다
세월의 모진 비바람 창호지는 찢기고

안과 밖의 소리를 조화로이 품으며
귀 열어 조심스레 경계를 지켰습니다
깍지 낀 손 놓지 않고 시간을 묻었습니다

결이 트고 갈라져 온몸이 삐걱대도
지켜온 지조와 결의決意 잊지 않았습니다
빛바랜 육신이지만 향기만은 남겼습니다

아이들

아이들은 빛으로 이야기한다

높이 하늘을 우러르면 파란빛으로
깊은 숲길로 걸어가면 초록빛으로
노래를 한다

그들의 얼굴은 눈부시다

누가 저들처럼 저렇게도 온전히
이 세상의 빛을 투영해 낼 수 있을까

흐른 세월 따라
아스라이 잊혀간 빛의 추억

빛으로 크며
빛 속으로 걸어가
빛의 내일을 세울 아이들

그들의 빛을 받아 그들처럼
영원히 눈이 부시고 싶다

김 호
《중앙일보》 중앙시조백일장 장원. 《문학세계》 시, 《시조문학》 시조, 《한맥문학》 수필 등단.
해운대문인협회 부회장. 부산시인협회, 부산시조시인협회, 한국사진작가협회 회원. 시집 『빛
의 시간』, 『거울 호수』. 시조집 『시간의 뜰』. 사진전 「빛의 추억」

고사리나물 볶음 외

김 희 영

엄마가 보내준
고사리나물 뭉치를 푼다
그 속에 물씬 나는
엄마의 내음

바삭바삭 꼬불꼬불
자식 위해 모든 걸 내준
깨깨 마른 엄마다. 주름 많은 엄마다

고사리를 꺾기 위해 우리 엄마는
가파른 마을 뒷산을 얼마나 오르내렸을까
고사리를 말리기 위해 뜨거운 태양 아래
젖은 고사리 수백 번도 더 어루만지셨겠지

불린 고사리를 삶는다
하얀 김 쉼 없이 내뿜으며
한없이 주고 싶어 하는 엄마의 마음처럼
탱들탱글 차오른다

갖은 양념 곁들인

부들부들한 고사리나물 볶음
감사한 마음으로 한 입 가득
깊고 넓은 엄마의 사랑을 먹는다

파를 까며

흙투성이로 풀어놓은 파 한 단
넘지 못할 태산처럼 아득하더니
눈물 콧물
매운 아픔 참아내는 사이
어느새 말갛게 허물을 벗은
속살로 웃는다

정상에 언제 오를까 아득해도
꼬불꼬불 오르다 보면
파란 하늘이 열리는 것처럼

산이 높을수록
계곡은 더욱 맑은 것처럼

삶이란 이런 것이리라
파를 까듯 눈물 콧물 범벅이 되지만
때로는 까놓은 파처럼
반질반질 미소 짓기도 하는

김희영
1995년 문화일보 등단. 부산여성문학 회장 역임. 재부합천문인협회 회장. 영축문학회 부회
장. 한국문인협회, 해운대문인협회 회원. 한국여성문학 대상, 영축문학 대상, 부산문학상 등
수상. 시집 『사랑하다가 기다리다가』 외.

그대 그리움 광안대교를 걷다 외

남 대 우

봄별
송골송골 맺힌 늦은 밤
해운대 동백섬에
이기대二妓臺 마주보고 앉아
품 너른 바다에
그대 그리움 하나씩
물감처럼 풀자
길고 둥근 별무리 섬섬 생겨나
물길 따라 남극 북극 흘러 다니다
견우직녀 이별 이야기에
어둔 오작교 별 밝히어 사랑 이루니
보낸 그대 그리움도
환해진 광안대교로 걸어옵니다.

나이가 드니 나무하고도 이야기 한다

나이가 드니
나무하고도 이야기합니다.

나무는
잎의 색, 두께로,
때론 바람과 비에 부대껴 말합니다.

나무를 안아
눈감고 귀 대어 봅니다.
긴장했나 봅니다.
목말라 뿌리 대롱 쪽쪽 물 빨아 먹는 소리,
두근두근 심장 뛰는 소리,
초록빛 얼굴 붉히는 소리로 말합니다.
나무도
내 숨소리가 들린다며
바람이 불자
가지를 흔들어 손뼉 치며
스 스 스 웃습니다.

우린 서로 마음이 통하기에
의지한 세월이 있었기에
어깨동무 친구가 되고,

품 깊숙이 안아주는 연인이 되어
몸의 언어로
가장 낮고 밝게 이야기 합니다.

산이든 강이든 들판이든
우리가 만나는 곳에서
그늘을 세워 누구든 품에 쉬게 하자고,
세찬 바람도 잠시 엄마의 자장가로 달래어 보내자고 이야기
하면
나무는 그늘이 되었고,
엄마의 자장가를 불러 주었습니다.

그래서 나이가 드니 점점 나무와 잘 통하는 집사가 되어 갑니
다.

남대우
부산 출생. 2020년 계간 《한국불교문학》 시 신인상 등단. 부산고등검찰청 사건과장.

세월 외

민 병 일

사위四圍가 적막함에
닫쳐진 동창사이로 비춰든 여명 속
실꾸리로 파고든 사념의 빛줄기 따라
먼 시간 저편에서 새벽이 밝아온다
쪽잠 같은 세월 속에 맴도는 쳇바퀴
올무에 갇힌 상념을 고요 속에 떨치고
통회하는 지난날 눈을 뜨면 덧없음에
동트는 새벽녘에 파편 되어 뒤척인다

유월의 창

작약 향기 실려 오는 유월의 창 밖에
초동의 세월이 꽃잎 속에 구른다
눈빛 주며 떠난 바다건너 나성羅城은 아득한데
불현 듯 떠오른 누나의 순결한 음성은
향기 품어 내 귀에 이명으로 찾아 든다

칠부적삼 끝동의 곱디고운 손마디는
날마다 초록칠판에 하양 분필을 긋고
풍금 소리 운동장에 여울지어 들리는데
눈감고 나서도 다정한 누나의 교실은
아직도 그곳에 유월의 창을 열고 있다

민병일

1997년 「한국디자인포름」 예술비평. 2010년 《부산시선》, 《한국시학》 시 등단. 시인그룹 〈셋〉
동인. 부산시문화상, 봉생문화상, 해운대문학상 등 수상. 해운대문인협회 명예고문. 비평집 「박
학한 무지」, 「민병일컬렉션」, 「예술에 혼을 담다」 외.

돌 남자 외

박 덕 희

동백섬 입구 춘천교
꽃을 든 돌 남자
6여 년을 외롭게 서있다

오늘은
태극기도 휘날리고
청사초롱도 불 밝혔다
그에게 생명을 불어 넣어주리라

이제 돌 속에 혈관이 생기고
피가 힘차게 흐를 것이다

그리고
어느 날 꽃을 받아줄
아리따운 여인이 나타나리라.

나팔소리

언제나 그 자리에서
기다리고 있는
동백섬을 만나러 다섯시 기상

가는 길목에
새벽을 밝히는
순백의 백합꽃 무리

꽃대궁속에서
만물을 깨우는
나팔소리 밤바라밤!
들리는 듯하다

나팔소리여 울려라!
코로나19도 물러가고
세상의 모든
근심, 걱정 물러가라
밤바라밤! 밤바라밤!

박덕희

시낭송가. 부산여성문학회 회원. 물소리시극단 단원. 재능시낭송회 회원. 아름다운 이야기 할
머니 동화구연가.

그리움 외

박 상 호

그건 영롱하게 피어오르는
애틋한 마음의 원절한 쏠림
그건 잡힐 것 같은 무지개를
잡을 수 없는 청순한 동심입니다

꿈속의 장미 정원을 거닐면서 부르는
가슴 저미며 불타오르는 애틋한 세레나데
아니 보랏빛 연민
통절한 슬픔 위에 피어나는 희열입니다

그건 별빛을 갈앙하는 시인의 눈동자
아니 비를 기다리는 파초의 염원
진정 간절하고 간절한 붉은 소망입니다

연꽃의 미소처럼 신비하고
오르페우스의 선율처럼 감미롭습니다
영혼의 호수에 일어나는 잔잔한 파문으로
숱한 연민의 동심원을 만들며 흩어집니다

잡고 싶어도 정녕 잡을 수 없고

듣고 싶어도 정녕 들을 수 없는
분명 있지만 보이지 않는
마음속에 피어오르는
옅은 분홍빛 아지랑이입니다
이 아지랑이는 꽃잎처럼 지고 스러지지만
다시 애틋한 봉오리가 맺힙니다

장미

오월의 뜨락을 붉게 물들이는
열정의 꽃 장미여

그대는 성숙한 여인의 자태
농익은 요염함이 무척 고혹적이어라
그대 아프로디테의 붉은 심장이여
너무도 뜨거운 사랑의 향기를 머금었구나

사랑의 열병을 노래한 그대여
지고한 아리따움에는 가시가 있으니
슬프고도 아리따운 모순이여

독버섯 같은 무서운 화사함이여
쉽사리 접근을 허락하지 않는
위엄과 도도함이 서려있구나
무희의 현란한 춤사위 같은
노을처럼 타오르는 붉은 열정이여

사랑의 불꽃을 점화하는
아프로디테의 뜨거운 심장이여
그대는 사랑의 환희를 찬미하면서
사랑의 고통을 슬퍼하는구나
형언할 수 없는 아리따운 모순이여

무지개 빛 희망과 잿빛 고뇌의
슬픈 희열의 이중주여

오월의 희망을 노래하는 그대여
미래의 꿈을 동경하는 그대여
타오르는 석류빛 열정을 노래하고파라

눈부신 사랑의 황금촛으로
그대의 영혼을 깨우고 싶구나
그대의 붉은 영광과
루비빛으로 타오르는 열정으로
사랑의 희열을 찬미하소서

그대를 너무도 사랑하여
가시에 찔려 죽은 어느 시인처럼
그대의 고혹적인 향기에 취해
오늘 그대 옆에 잠들고 싶구나
그대 있어 오월이 무척 행복하나니.

박상호

2006년 《열린시학》 등단. 부산시인협회 부이사장. 해운대문인협회 부회장 역임. 국제펜클럽
한국본부 이사. 열린시학회 수석부회장. 한국바다문학상. 부산문학상 특별상 등 수상. 시집
「동백섬 인어공주」, 「내 영혼을 흔드는 그대여」, 「피안의 도정」.

에어컨 켜는 날 외

박 일

폭염주의보
열대야
까불지 마

손주 녀석
더위 먹는 건
못 참아!

냉면

대나무 숲에서 불어오는
바람의 맛과

메밀밭에 비추는
달빛의 맛과

돌아갈 수 없는 그리움에
갈증난 향수
풀어주는 소나기의 맛과

여름을 간들간들 녹이는
동치미 맛으로

향내 나는
당신을 위하여
기꺼이
향기로 남겠습니다.

박 일
경남 사천 출생. 《아동문예》 동시 천료. 동시집 『할아버지 어린 날』 외 12권, 평론집 『동심의 풍경』 등. 한국아동문학상, 이주홍문학상, 부산문학상 등 수상.

동백섬 고양이 외

박 진 희

이슬비 내리던 밤
가로등 불빛 아래 고양이 한 마리
웅크리고 앉았다.
마음 고운 아주머니 다가와
쓰다듬어 주며 하는 말
"아무도 안 데리고 가드나?"

정 많은 누군가가
데려 가길 바라는 마음만 흘리자
잿빛 고양이 덩그마니 남겨졌다

오늘 밤에도

네오마리카 그라실리스 꽃에게

백 년을 꿈꾸는 사람에게
하루는 일상이지만

하루만 주어진 생명에게
오늘은 간절한 한평생이다

이른 아침 향기로 피었다가
해지기 전 담담히 길 떠나는
꽃송이에게 묻는다

목청껏 웃어 봤소
사랑은 해 봤소

박진희
2004년 한국아동문학연구 동화 등단. 부산문인협회 이사. 한국아동청소년문학협회 부이사장. 설아문학회 회장. 해운대문인협회 회원.

기억 외

배 승 희

몰려다니는

참새 무리도 모른다

보이지도 만져지지도 않는다

가슴 깊은 곳까지 침투한 코로나

스멀스멀 기어 나오는

퀭한 눈과 죽음의 언저리

붉은 해 그림자 끝에

걸려있는 하얀 달

배웅해 주는 이 없이

손 한번 잡아 주는 이 없이

상팔자

주인과
노란 커플 우비를 입고 가는 개를 봤어
검은 벤츠 타고 가는 개를 봤어
밀짚모자 쓴 개를 봤어
해가 쨍쨍한 날
개는 목줄에 묶여 있어
주인의 눈치를 보며
보조를 맞추고 있어
주인과 산책하는 고개 숙인 개
변을 보려고 멈춘 걸음
당겨지는 목줄
참지 못한 변이 똥글똥글
굴러 떨어지고 있어

해외로, 휴가로, 명절로, 떠날 때
버려졌어 그냥 아무 데나
유기견이 된 애완견
음식물 쓰레기봉투를 물어뜯고 있어
몸담고 있던 집을 물어뜯고 있어
개 팔자는 상팔자야!

배승희
2016년 《시와수필》 시 등단. 부산문인협회, 해운대문인협회 회원.

해후 외

배 재 경

늦은 지하철
불콰한 얼굴을 뜯어먹는 사람들 너머
파마머리 여자 졸고 있는데
그 여자 옆에는 텅 빈 객석만 가득하다
술 취한 나와
술 취한 그녀가 눈을 마주한 채
지그시 허리를 휘젓는데
그녀는 초생달 같은 눈썹을 달고 흐느적이고
나는 뜨거운 난로를 품에 안고 흐느적인다
간간이 우리 둘을 솎아가며
눈 흘기는 사람들은 철저한 타자다
흐느적이는 그녀의 허리가 자꾸 접혀질수록
내 허리도 덩달아 꼬꾸라지는데
니기미,
내릴 역은 한참이나 남았는데
어쩌란 말인지
난로는 더욱 더 활활 타올라 목젖까지 차오르고
그녀가 마침내 드러눕는다
나까지 눕자니 용기가 안 나고
열차도 술 취한 양 흐느적 흐느적

이 덜컹거리는 꿈에서 빨리 깨어나기를

적벽대전
　– 해녀일기 1

바람은 찬데 춥지가 않다
새벽어둠이 짙은데 어둡지가 않다
가시밭길을 걸어도 아프지가 않다
밥을 굶어도 배고프지가 않다
사람의 타고난 복은 따로 존재하는가
재수 없는 가시나이가 무얼 볼 것인가
아방 어멍도 이런 신 새벽에 나가셨을꺼다
세상에서 가장 행복했던 신혼시절이 엊그제 같은데
전장으로 간 남편은 전사통지서가 되어 고향으로 돌아왔다
하늘이 왜 무너지는 것일까?
행복은 상처에 가로막혀 다시 찾아들지 않는다
두 아이마저 파도가 집어삼키고
혼자 남은 제주는 감옥이다 지옥이다
누가 제발 날 죽여주었으면
내 아이를 내 놔라!
날 잡아 잡수시고 우리 아이들은 돌려다오
이 미친놈의 파도야!
바다로 달려들어 아무리 주먹질을 해대어도 파도는 번번이
밀어낸다
이 우라질놈의 세상,
이놈, 너도 자식을 잃어봐라
꼬까리를 가져와 내리친다

테왁*을 집어던진다
호멩이*로 사방천지 내리 찍는다
망사리*로 사정없이 후려친다
부엌의 식칼을 가져다 찌른다
마당가 돌이란 돌은 죄다 던져버린다
밀려오는 파도에 맞서 마침내 적벽대전을 치른다

* 테왁 : 해녀들이 이동 할 때 사용하는 도구.
* 호멩이 : 해녀들이 멍게나 해삼 등을 채취할 때 사용하는 도구.
* 망사리 : 채취한 해산물을 담는 그물망.

배재경
경북 경주 출생. 1994년 《문학지평》, 2003년 《시인》지 등으로 작품 활동. 해운대문인협회
회장. 한국작가회의, 부산민족예술인총연합회 회원. 시집 『그는 그 방에서 천년을 살았다』
외. 도서출판 '작가마을' 편집주간.

불꽃축제 외

서 문 섭

프로메테우스로부터
불을 건네받은 순간
하늘 향해 손짓하는
타오른 불빛이 행여 그 빛일까
날 것 그대로의 순수한 아름다움
제 몸 태우는 비장미*
혓바닥 날름거리는
불의 뜨거움도 알기 전
아름다움에 취해 손을 내밀다가
화들짝 놀랬을 거다
제 아무리 아름다운 꽃인들
열흘을 넘기지 못한다 하여
화무십일홍이라던데
밤하늘의 불꽃이야
더 말해 뭘 할 것이랴
피어오르는 절정의 순간은
어느새 사라져버리고
유한한 시간이 아름다움인 양
예술의 형태로 활활 타고 있다

* 슬픔과 함께 숭고함이 곁들인 아름다움

노을빛 바다

노을 젖은 수평선에
남겨진 것 하고는
아직 뜨거운 사랑
그리고 정
금빛 휘황찬란한 세월의 무게가
파리하게 스러져간
안타까운 시간

몇 번을 반복하며
너는 또 다시 살아나는가?
너처럼 살겠다는 욕심이 울컥
얼마나 간절함이 있어야 가능할까
얼마나 사정을 해야 그 꿈 이룰까

문신처럼 일그러진 생채기로
남겨진 것 뒤란 되어
가만 가만히 사위어가는
잊혀져 간 시간들

네가 뒹굴며
나의 죽음을 부르는가

서문섭
지구문학작가회의, 한국문인협회, 부산시인협회, 해운대문인협회 회원. 시집 「카르페디엠」 외.

문탠로드의 달빛 외

서영상

달빛이 소리를 낸다
오미의 사득판에 빠지지 않으려고 살금살금 걷는다
보름달은 산 능선처럼 내려와 숲 깊은 자리에 고여
싸락별 같이 반짝인다
밤길이 붙는데 달빛이 귀에서 살여울처럼 빠르다
물 빠질 때 찰랑거림, 물들 때 너울거림 소리를 낸다
보름달 물 해파리떼가 해운대 달맞이 언덕 연안에
사릿물 따라 떠오르면 달빛은 월광 소나타가 된다
달빛은 명지 바람처럼 인생의 여러 갈래 길에 이르고
또 다른 변화의 밤을 꿈꾸며 문탠로드가 된다

참 홍어

지난 번 독도 방문 때 만난 너는 서해 출신이라 했다

경상도지리지와 세종실록에서도 살고, 자산어보에서는 무럼
으로 살았다 했다

우리나라 부산, 목포, 영광, 인천 그리고 동중국해를 누비고
다닌다

작은 눈, 큰 분수공, 돌출 주둥이를 가진 갈 빛 마름모꼴 너
는

작은 가시 하나로 당당하다

사랑하는 이와 함께할 수 있다면 인간 세상이라도 따라갈 수
있다 했다

600년 삭혀도 홍탁으로 살아남아 삼합이라는 융합 정신을 가
훈으로 남긴다 했다

서영상

2003년 《문학세계》 등단. 해운대문인협회 부회장 역임. 한국문인협회, 부산시인협회, 한국
해양문학가협회, 기장문인협회 회원. 시집 『고래불』, 『바다에서 건진 시』, 『바다에 빠트린 시』.

자화상 외

손현석

오지 않을 거라 기대할 수 없고
아주 멀다 의심할 수도 없는 세상에서
황금비로 머리 감는 아이
다문 입 차분하다.

앞서려 뛰어가지 않아도
연거푸 어깨를 치고 가는 사람들 사이
윤나는 머릿결로 흘러내려
발끝까지 또렷하다.

기억나는 훗날을 여러 액자에 끼우며
그 아이 혼자 슬며시 눈웃음을 흘린다.

장마

길을 잃었네
바다로 걸어간 탓이네
발자국이 수면 위로 둥둥 뜨도록
젖은 외투는 무게를 쌓으며 짓누르고

눈 뜨고도 알아볼 수 없었네
살아있는 그대들은 모두 어디에
캄캄한 그리움을 뒤쫓아
예민한 귀를 열었지만

기다려도 계절은 바뀌지 않았고
돌아누워도 들리는 소식이 없었네
연거푸 휘청거리다 소리마저 잠겼네
수면이 높아지자 방향 없이 떠내려가는

높은 산의 그림자
초록 짙은 땅의 향기
살아있는 그대들은 모두 어디에
눅눅한 벽지의 추억 속에 길을 잃었네

손현석
《여기》 등단. 동서대 영화과 교수. 시집 『예술영화』.

다시 동백역 외

송 정 우

누군가 환절換節의 틈새를 비집고 들어온다

이미 뱉어버린 말을 주어 담다
미로에 빠진 낱말들이
수평선 오징어배 집어등에 어른거린다

해 기울어 늦어진 길 재촉하다가
어렴풋한 언덕 허리에 매달린 바람이
이미 우울해진 꽃을 흔들고 있다

하루하루 같은 듯 다른 무게의 삶을
들었다 놓았다 하는 좌판의 흥정에
다시 또 해 보겠다고 다짐을 한다
생명은 그저 순간 타오르다
이내 사그라지는 숯불이라고
멍 때리는 속삭임으로 한 세월 인내한 동백

예의여, 잔인한 위선이여 하며
옷깃 흐물거리는 안개 비질하는 손을
다시 잡는 또 하나의 손이 정직하다

겨울 동백섬

동백 동산
앙상한 나무 가지에
까마귀 한 마리 앉아있다

느지막 고갯마루
숨차게 오른 사내
지금 여기를 떠나는 눈길로

건너편 고층건물
알 수 없는 신호들이
활시위를 떠나고 있다

숲속 숨바꼭질하는 꽃잎
여린 소용돌이에
못다 품은 가슴이 얼얼하다

송정우
《문학도시》 등단. 한국문인협회. 국제PEN 한국본부 회원. 한국현대시인협회. 부산문인협회
이사. 부산크리스천문인협회 부회장. 해운대문인협회 고문. 시집 『희망을 다림질하다』. 『비상
구를 찾다』. 기행산문집 『길에 창을 내다』. 저서 『청보리 언덕에 핀 데이지』. 역서 『짧은 사랑
긴 여로』.

미운 사람 외

안 성 식

해질녘 기우는 것은
설레이던 기다림

별똥 별
내려 앉아 이슬 쓰러지면

다가오는
여명보다
한참 더 미운사람

미움이야
살다보면 지워지겠지만

망설이다 가시로 남은
사랑한다는 말은

지하철 노숙자

조간신문이 날아들자
미처 송고하지 못한 특종을
가슴에 안고
천상으로 가는 계단을 오른다

오래전 행불된 육신
칼칼한 햇살에 비틀거리며
무료급식소 긴 목로 끝에
질긴 옹이로 박힌다

한 끼로 담보한 오늘도
일말의 기대마저
여지없이 무너진 창백한 인력시장
그저 밀려왔다 밀려가는 세월은
제 몸집만 불리는데

지하방 창 없는 창 너머
해 묵은 삼류기사가
모난 하늘을 가리고
호외로 흩날리고 있었다.

안성식
경남 진해출생. 《문학예술》 등단.

버리기 2 외

양 왕 용

고급 아파트에 살고 싶은 마음 버리기.
산이나 부동산이나 동산이나
많이 가지고 싶은 마음도 버리기.
뷔페식당에서
배 두드리며 먹고 싶은 마음도 버리기.
가락국수나 라면보다
더욱 가난한 마음만 찾아보기.
아침저녁마다 문득 솟아나는
모든 욕심 디 버리기.
버리고 나면 남는 것은 가난뿐이므로
끝내, 가난도 모두 버리기.
그리고 나서
심령이 가난한 자의 천국 찾아보기.
오로지 당신께서 베푸시는
그 천국 찾아보기.

버리기 3

나에게 좋은 일 생겨도
웃고 싶은 마음 버리기.
우리 집에 경사 나도
이웃들의 슬픔 생각하여
그들과 같이 웃지 않고 슬퍼하기.
애통하는 자가 위로받는다는 말씀 때문에
슬퍼하지 않고 그냥 슬퍼하기.
분노와 교만과 자랑 같은 것도 버리고
이웃과 더불어 슬퍼하기.
온 세상 슬픔이 충만하여도
천국의 기쁨은 있는 법.
슬퍼하고 또 슬퍼하여도
천국의 기쁨 생각하며
이 세상 모든 일 슬퍼하기.
시도 때도 없이
즐겁게 웃고 싶어지는 마음 버리기.

양왕용

1943년 경남 남해군 창선도 출신. 경북대 재학 중인 1966년 김춘수 시인 3회 천료로 《시문학》 등단. 시집 『천사의 도시, 그리고 눈의 나라』 외 8권. 연구 논저 『한국 현대시와 디아스포라』 외 8권. 시문학상 본상, 부산시문화상(문학), 한국크리스천문학상(시), 한국장로문학상(시), 부산시인협회상 본상, 한국예총 예술문화대상(문학), 제1회 부산크리스천문학상 등 수상. 한국크리스천문학가협회 회장, 한국문인협회 부이사장 역임. 현재 부산대학교 명예교수, 한국문인협회 자문위원, 한국현대시인협회 수석 부이사장, 동북아기독교작가회의 한국 측 부회장.

등대의 일기 외

– 소래포구에서

오 정 미

등대는 온종일 기다리는 게 일이었다
두 눈이 빨개지도록
온통 네 생각으로 밤을 지새운다

나의 포구로 긴 하루가 정박한다
서녘 하늘 붉게 타오르는 바알간 석양도
실컷 울고 갈 등대의 고독한 반짝임,

그 상처의 향기조차 아름답고 숭고함을–

서해의 작은 섬, 더 이상 발 디딜 곳 없는
등대의 마음을 보고 울었다
그래도 부둥켜안고서 우리 손만 놓지 않는다면
언젠가 저 거친 바닷길 다 헤치고
빛의 돛단배에 올라서리라

어디엔가 다다를 평화로운 그 섬
거기에서 만날 수 있으리라

틈

틈이 생긴다
당신을 작별하고부터 틈이 생긴다
그 틈 사이로 시린 바람이 스치인다
헤어지며 흔드는 그대의 손바닥에는
언제나 균열처럼 틈이 생긴다

쓰라리다
살갗을 적시며 전신으로 기어오르는 겨울의 바다
방황을 하면 어디에 닿으리
고뇌를 하면 무엇을 얻으리
식은 열망을 안고 가까스로
나는 여기까지 떠내려 왔는데……
눈을 들어 바라보면
다시 막막한 시간의 늪만 가로놓여 있을 뿐

그대를 잃고서
날마다 길을 잃어버린다
금간 약속을 매만지며 어디로 가랴
온 세상은 멎어있고 나만 떠내려가고 있다
고통은 아무 때나 나를 흔들어 깨워,

그대 하늘 끝 울며 건너는 새가 되라 하는데……
밤새도록 바람만 겹겹이 눕고 있다

오정미

1974년 서울 출생. 2015∼6년 《시인마을》 문학상 우수상, 최우수상 작품 활동. 초등학교 방과 후 영어지도 교사. 해운대문인협회, 효원 시문학회, 시 읽는 문화 시낭송회, 동백낭송회 회원.

먼지가 있다 외

오 지 영

표정이 감추어지는

한 장

환히 드러나는

또 한 장

왼쪽으로 돌아보고

오른쪽으로 넘겨보는

지나간 흔적이

프라다 가방을 든 그녀의 손에서

약비처럼 흘러내린다

언덕에 틈이 있다

언덕에 틈이 있다
틈이 있는 언덕사이로
바다가 보인다
보이는 바다가 가고 있다
따스한 빛은
성당으로 가는 길이다

채색된 기억은
성당과 성당
기억과 기억을 더듬는,

종탑이 걸어가고 있다

오지영
2010년 《한국시》 신인상 등단. 해운대문인협회 부회장. 해운대문학상운영위원. 시집 「코렐
냄비」 외.

멍게 외

이 산 야

아야 으 아파
누가 때렸어

여기 불룩 저기도 불뚝

바다 냄새 슬슬
입맛 쩝쩝

성난 혹 우뚝 불뚝

씩씩 거리며 친구하고 싸우는 멍게

계란 프라이

티 티탁 티 티 톡

봄비가 내린다

톡 톡 톡 톡

노란 민들레
하얀 목련

꽃이 피었다

여름 비 장단 소리

솔
솔

꽃
향
기

이산야
2018년 《연인》 신인상으로 등단. 해운대문인협회, SPA 창작연구소 회원.

모래사막 외

이 소 정

물이 출렁이며 달려오고 있다
모래는 별이 되어 쏟아지고
마음의 소리는 수많은 별꽃이 되다가
해맑은 별이 나의 잠 속에 잠들었다
별을 끌어다 자꾸 덮었다
꽃잎도 없는 풀잎이 사분거렸다
시간이 사각거리며 모래를 흘러내린다
어딘가 쉬어야 할 곳도 뜨거운 모래밭
답 없는 답을 찾는다
춤추던 바람도 쉴 곳을 찾아
사막 껍질을 벗겨가며 모래 무늬를 짠다

오월愛

푸른 안개는 나뭇잎을 하나씩 눈뜨게 한다
나무와 나무사이로 가벼운 깃털로 물감을 채색하다
톡톡 부리를 쪼는 새, 연두 빛 작은 몸짓들이
고만고만한 향기를 뿜어 알레지 같은 가벼움을 턴다
비밀처럼 푸른 비명을 풀숲에 숨겼다
푸나무 아래서 푸르르 서럽던 별리를 기억했다
쓰다만 연서, 유혹하는 오월의 하늘
바람은 나무의자를 햇살처럼 애무한다
가녀린 숨결로 조금 일렁인 것뿐인데
맨발로 휘젓듯 춤추고 싶어진다 가진 것 다 내주고도
해맑은 모습은 꽃가루다

오월을 흠모한 여자가 오월을 낳는다

이소정
2008년 《실상문학》 등단. 해운대문인협회 이사. 시집 『고요는 어둠 속에 자란다』, 『마른
꽃』 외.

겨울 장산 외

이 연 희

물안개 걷히자
산 까치 솟아오른다

다 익은 다홍색 열매
기지개를 켜고

땅 벌레 제 발자국 데리고
더 깊이 들어간다

겨울 산
골 깊은 생을 꺼내
말문을 연다

빈집 5

한창이다

응달을 걷어내는 검은 제비나비
심심한 마당을 밟는 고양이
장미꽃 피고 지는 금간 창

허공에 매달린 늙은 오이

적막을 견디는 저 응축된 메시지

바람이 해설을 단다

이연희
2006년 《문학공간》 등단. 해운대문인협회 회원. 시집 『비의 안부가 궁금한 바깥』.

매미 외

이 윤 정

수 만 년
유전자 속에 기록된 명령
사랑하라
목숨 바쳐 사랑하라
종족을 길이 보존하라

긴 시간 어둠 속에 숨죽여
오늘을 기다렸다
땅 뚫고 기어올라
세상 밖으로 나온
사랑에 눈먼 전사들

이 생명 다 바쳐서
그대를 사랑하오
내 사랑받아 주오

숲을 뒤흔드는 맹렬한 아우성
불멸의 생명을 꿈꾸는
격정의 세레나데

보이차를 우리며

좋은 차가 되는 일은
시간을 견디는 것
고향의 산들바람
따사로운 햇살이 발효하며
저절로 깊어지는 일

말라버린 찻잎
한잎 두잎 풀어지며
그윽한 향기로
마음 속 깊은 이야기를 나누는 일

따뜻한 찻물에
내 모든 걸 우려내어
너의 잔에 따르고
마침내 뜨겁게 사랑하는 일

이윤정
국제펜클럽한국본부 이사, 한국문인협회, 부산문인협회 회원. 부산시인협회 이사, 부산가산
문협 회장. 해운대문인협회 회원. 시집 「산수유 꽃등을 켜다」 「소금꽃」.

무화과의 변론을 위한 외

이 진 해

나는 꽃을 피우지 않아요
꽃이 어떤 틈새를 메우거나
꽃이 누군가의 가슴에 꽂혀 죽는 게 싫어요
조화처럼 빛나지도 않아요
날마다 꽃을 조문하는 자는 없어요
슬픔과 기쁨의 자리는 지겨워요
지가 무슨 먼로라고 속곳을 뒤집으며
떨어지는 동백꽃을
새벽이면 참수당한 꼴로
또르르 말린 웃음을 이슬에 묻는 무궁화며
봄바람에 넋이 나가
온 몸을 내던지는 벚꽃 하며
화무십일홍은
다 팔자소관이죠
손을 내밀어 저를 만져보세요
껍질조차 부드러운
속살은 또 얼마나 달콤한지
저는 저를 숨겨야 해요
뭇 사내들의 마음을 현혹시켜
세상이 벌렁벌렁 대는 것 두렵기는 해요

제 속살을 보세요
무수한 고민의 흔적이 촘촘하죠
오달지게 빛나는 꽃
그걸 피우기가 싫어요
...
어설프게 될테니

후박나무 아래

능소화를 앞세우고
간간히 코고는 소리를 한다
저 처럼 환한 잠을 자는 행복이 부럽다
저 처럼 땅에 처박힌 뿌리 깊은 나무가 부럽다
갑자기 쓰나미처럼 날려드는 잠에 취한듯
폭염에 지친 뿌리들이 발밑으로 모여든다
발바닥이 축축하다
저 놈의 용기
한 뿌리만 잘라 버릴까
요염한 입술을 내미는 접시꽃이 보고 있다
아무도 모르게 가방에서
볼펜을 손에 쥔다
한 줄기 소나기에 취한 어음을 끊는다
땡빛을 낸다
펄펄 끓는 가마솥 땡볕이다

이진해
2008년 《새시대문학》, 2016년 《불교문예》 신인상 등단. 영남여성문학회 회장 역임. 시집
「쉼표는 덧니처럼」, 「사라지는 틈」, 「왼쪽의 감정」

책을 펴며 외

이 태 종

올 설날 세시 풍습
많이도 다르네
어르신 세배 인사
마음으로 다녀오고
온종일 책상에 앉아
독서삼매 즐긴다

예전에는 금전이나
소고기 선물보다
손수 지은 책 한 권
가보로 삼았으니
학구파 다산 정약용
독서 종자 살렸다

펼쳐 든 목민심서
나의 얘기 실렸네
한 장 두 장 넘길수록
지난날 되새긴다
새해엔 정신 차리고
배려하며 살리라

강물처럼

어디서 왔는가
쉬었다 가시지
언제나 사이좋게
출렁출렁 노래하네
한 마디 쓴소리 안 하고
사랑스레 흐른다

강물도 나라와
겨레를 살리는데
수없이 지녔지만
움켜쥐려 애쓰네
모든 걸 나누어 주는
강물처럼 살고파

이태종
《문학21》수필. 《시와 수필》시조 등단. 신서정문학회 회장 역임. 온문학반 문학강사.
문학타임 본상. 시사모 시낭송 대상 수상. 수필집 「길을 찾는 사람」 외 7권.

보시 외

이 호 원

칠 년 어둠을 나누어 살다가
뜨거운 햇살 부름으로
가운을 벗어 문덕文德을 하고
선비를 닮으려 이슬만 먹고 살았다

긴 세월 기다린 것은
짝수를 좋아하는 천적이 싫어
소수素數를 사랑한 탓으로 5, 7, 13, 주기로
실 날 계산을 하고

할머니가 피 · 땀으로 가꾼 채소밭에는
먼 산 쳐다보며 돌아누워
흔한 아파트 하나 없이
법정 스님 무소유 지팡이 가는 길 따라
가슴 어디에도 집 하 나 두지 않았다

짊어진 생존으로 처절한 울음 울다가
짝 하나 만나 후손을 점지하면
마지막 남은 육신 누더기로 던져
아무나 찢어가는 바람으로 사라진다.

처음 밥상

오라버니가 집을 비워
여동생은 담을 넘고 들어가
사시나무 부뚜막 언저리
밥상을 차려 바람을 유인했다

맛있었다

밥상을 차지한 바람은
바람처럼 맛있게 밥을 먹고
담을 넘어 안개로 사라져
아무도 볼 수 없었다

바람은 안다, 먹고 간 밥맛을
된장찌개에 알싸한 풋고추, 칼칼한 장어탕

보고 싶다
먼 강둑 넘어 길섶에서라도
한번…
그때 먹었던 밥맛처럼 보고 싶다.

이호원
부산문인협회, 청송시인회, 해운대문인협회, 그림나무시문학회 회원.
시집 「낮달을 찾는다」 「시간을 택배 받다」

장산 언덕에 앉아 외

정 만 석

장산 언덕에 앉아
바람에게 미련 없이
잎을 내어주는 나무를 바라보며

진작 버려야 할 것이 무엇인지
저 구름에게 물어보니
내 허물 적지 않음을 알겠다

무겁게 늘어진 내 허울 벗어
저 바람에게 주고 가벼운 마음으로
오직 빈 가슴으로만 남아 있을 일이다

생이란 대개 나무가 그러하듯
꽃을 지우기 위하여
애써 꽃을 피우는 일이 아니랴

그리움 2

서산에 지는 고운 노을은
누구의 그리움인가?
그리움이 낮은 공간에 있다면
움켜잡는 순간 산마루에 걸리는
노을로 변해버린다

그리움은 어떻게 생겨나는가?
하루하루 열심히 살다보면
좋은 일만 그리움으로 쌓인다

달아나는 그리움에 슬퍼마라
그리움이 많으면 의미 있게 산 것을
노을에 실을 수 있다면
적선의 마음 곳간이 부자다

저녁노을 속으로 해가 사라지듯이
인생은 결국 그리움을 생산하다
그리움에 편이 안겨간다
인생의 마지막은 그리움뿐이다

정만석

경남 창원 출생. 2015년 《청옥문학》 수필, 2016년 시 등단. 부산영호남문인협회, 부산청옥
문학협회 부회장, 천성문인협회 부회장. 해운대문인협회 이사. 부산문인협회, 영축문학회 회원. 부산
영호남문학상 작품상, 충렬문학상 우수상, 천성문학상 우수상 수상.

날마다 걸어도 외

정 영 자

날마다 걸어도 해운대 바닷길,
날마다 돌아도 동백나무 푸른 숲,

날마다 마셔도 향기로운 차,

언제나 간절한 시의 말,
파도 타고 올라온다.

하루가 꽃피고 열매 맺는
너와 나의 약속들은
찬란한 은빛 물결로
아침마다 자라난다

이렇게 살다가

몸은 작지만 참하고 야무진 유안진 교수의 시집,
『터무니』가 도착했다.
많은 시집을 내고 서울대 교수로 예술원 회원으로,
한 때는 베스트셀러 수필집으로
이름을 날렸던 그의 시집 싸인을 보고
가슴이 아린다.

비툴비툴 흘려서 쓴 "정영자 교수님 笑納 21. 5. 30. 유안진
드림",
그 아래쪽 더욱 더 비틀거리며 흘림체로 쓰여 진
"손목 부러져 글씨 안 되네요 ㅎㅎㅎ"
웃음과 함께 쓸쓸을 담는다.

"나는 나는 구름의 딸이요 바람의 연인이라"
〈자화상〉을 쓰면서 당당했던 50세 때의 그를 생각한다.

> 구름 몇 점 묻어 있어야/내 하늘 같고/물결 파도 출렁
> 거려야/내 바다 같고/지팡이 노인도 걷고 있어야/우리
> 동네 같고/군살에 주름살 자글자글 거려야/내 이웃 같
> 아/말도 걸고 싶어라
>
> — 유안진의 〈얼룩〉 전문

화려한 수사는 물처럼 빠지고
자유롭지만 말라버린 군살, 자글거리는 주름이
더 친근한 동갑내기 문우의 안부를 묻는다.

오랜만에 전화를 하며
몇 년 전에 떠난 부군의 빈 자리,
잘 걷지도 못하고
두 손목까지 다친 근황을 듣는다.

살고 죽는 거
다 시공간의 이동 아니던가

결국 이렇게 살다가
어디로든지 총총히 떠날 여전사들 아닌가

정영자

1980년 《현대문학》 평론 등단. 한국문인협회 부이사장. 부산문인협회 회장 역임. 저서 61권. 영축문학회 회장.

파초의 꿈 외

정은하

아파트 1층, 텃밭 같은 화단
밤새 다녀간 동장군에
앉은뱅이 된 한 그루 파초

아뿔싸
부리나케 준비한
정성 한 겹
걱정 한 겹
기다림 한 겹
칭칭 동여맨 손길 위에
머물다간 겨울을 바라본다

그 겨울 속에 키운 애틋함
연둣빛 심지로 우뚝 섰다
그 심지 펼치고 펼치면
때깔 좋은 신부의 초록 저고리 배래

분꽃

네가 노을을 향해
트럼펫을 부는 시간
저녁밥을 짓는 어머니

모두가 잠든 밤
우레와 비바람이
너의 영혼을 관통할 때마다
흔들다가 흔들리다가
선 채로 꼬박 밤을 새웠다는 벼랑 끝

삶의 모서리가 그때마다
뭉텅뭉텅 잘려 나간 그 자리
네가 환하게 피고 지던 그곳
새까만 눈동자는 빛나고
땅의 속살을 베고 누웠다는 너

정은하
부산재능시낭송협회 회장 역임. 부산문인협회, 부산여성문학인회, 해운대문인협회 회원. 부
산예총아카데미 시낭송 강사.

파도바위 외
-대변죽도에서

정혜국

빗살무늬 촘촘히
소금 끼 젖는 것은 우직한 사랑입니다

휘돌린 하얀 파편
온전히 추억을 잊은 채
멍 뚫린 울음으로
여름 나절 내내
두들거렸던 삶

어제는
나의 몸을 비틀고
나의 눈길에 쓰러져
숨마저 가두고 말았으니

오롯이 젖은
한 가닥 눈꺼풀
줄줄이 누운 것은
고질병,
그 뜨거운 입김 때문입니다

물고기 뱃속에 물을 채워

물결만이 방향을 재촉하는
서해의 밤바다
어둠 속의 뱃길은 비린내로 가득하다
그물코에 매달려
거품을 토해내는 어부들
얼마만큼 더 마셔야 뱃살이 오를까
물살을 움켜쥐고
쓰시마 항로를 매달아
달아나는 고데구리 배의 사람들
파도만이 애달프다
국적없는 난쏘공
끝니지 않은 노벽
붕어처럼 볼록거리고 있다

정혜국
2006년 《문학세계》 시, 2009년 시조 등단. 한국문학방송 본상. 문학세계 금상 등 수상. 시
집 「아깝지 않은 날의 흔적」 외.

갈맷길 해안 2 외

최 귀 례

내가 가는 길은
그다지 더디지 않았어
내가 기다리는 것처럼
지루하지도 않았어
한 번의 손짓에
사라지는 폭염을 목도 했어
내가 행하면 그리되는 것을 알았어
연신 맺히고
구르는 빗방울 속의
허기진 속내를
해말간 물에 헹궜어

바다 환상 2

인디언 족들의 콧날이
수평선을 넘나든다
해가 저물 때마다
파도를 어루만지는 어부들의
거친 팔뚝
질긴 해변의 내장을 훑어낸다
어둠을 뒤척이는 절규를 쏟아내며
바다는 소라의 안쪽에서 출렁거린다
실종된 혓바닥이
그늘진 지느러미를 건져내는 사이
신음을 방생하는 노을은
발가벗은 포구를 건져 올린다

언제나 수평선은
늘어진 어깨를 난도질 한다

최귀례
부산여류시인협회 회장 역임. 부산크리스천문인협회, 해운대문인협회 이사. 예향다원 원장.

동백섬에서 외

최 봉 섭

하얀 바다에 둘러싸인 너는
푸른 섬으로 우뚝 섰다
해풍이 불고 섬이 울이야
동백꽃이 부풀고 섬이 커진다
섬 언저리를 오르면 해운 선생의
나라 사랑하는 마음이
긴 여정에 오르고 있다
암반이 받쳐주는 해송 너머로
갈매기는
젖은 가슴을 말린다
섬이 새벽 문을 열면
동박 새떼들이 익숙한 날갯짓으로
동백꽃 만찬을 즐긴다
누리마루는 여러 나라
정상들 얼굴이 유리벽에 남아
각국 눈빛이 동백섬을 바라본다.

자작나무

숲의 향기가 온 산을
덮는 오후
너는 하얀 몸짓으로
굽 높은 구두를 신고
나를 기다리는 마음
바람결에 서성인다
그루터기 빈 의자가
나의 발길을 붙잡는다
네 어깨 위에 앉은
곤줄박이 멜로디가
자작나무 숲을 울리고
숲은 나를 포근하게
감싸준다
꿈속에서 자작자작 장작 타는
소리가
내 가슴 저미는 그곳에서
네 이름표를 달고 있다.

최봉섭
경북 청송 출신. 2012년 《부산시인》 등단. 해운대문인협회 부회장.
한국문인협회, 부산시인협회 회원. 효원시문학회 고문. 시집 「그 후로 오랫동안」.

달님과 트렘펄린 외

최 유 화

꿈나라로 떠나는 시간
창문이 훤하다.

똑. 똑. 똑
보름달이 나를 부른다.

"이리 와, 나랑 놀자."
트렘펄린 위에서 나를 기다리는 달님.

통통통
달님이랑 신나게 뛰어놀았다.

"내일 또 놀자."
꿈나라의 달콤한 놀이
내일은 동생도 같이 가야지.

대촌마을 개구리

개나리꽃 피는 3월
형제들 틈에
일등으로 태어났어.

꼬리를 흔드니
연못에 이는 잔물결
넓은 세상도 구경해야지.

대촌마을 돌담에 올라
까치발 들고 멀리 바라보니
아! 넓고 넓은 저수지

가슴이 막 뛰는 거야.
"자, 이제 시작이다!"
폴~짝!

최유화
중소기업은행 재직. 2020년 《문학도시》 등단. 제4회 별 밭 시낭송대회 성인부 대상. 부산문
인협회, 해운대문인협회, 시가 익는 마을 회원..

파도를 딛는 소녀 외

해 연

허리까지 내려오는 긴 머리
빠알간 원피스
다섯 살 소녀

온 힘 다해
팔 벌린 채
하얀 방파제 벽에 기대
하늘을 바라본다

끝없는
파도의 춤
소녀를 삼키려한다

하얀 포말이
옷자락을 적시려 해도
당당하게
하늘을 응시하는
눈망울

소녀의

여린 발바닥
파도를
딛
는
다

너에게 가기까지

빈 가지
추위와 어두운 밤 견디며
지나온 날들

꽃잎 사득힌
햇살을 안은 채
봄 하늘 우르러며
기쁨에 몸을 떨었지

이제
꽃은 사라지고
푸르른 녹음이
허전한 가슴 언저리까지
초록으로 물들여
숨을 쉬고 있지 않은가

힘들게
걸어온 발자국
그대 푸른 그늘에
쉬고 싶어라

해연

2004년 시집 『닮고 싶은 웃음』으로 작품 활동. 부산문인협회, 부산여류문인협회 회원. 대한
민국문화예술 시 부문 대상. 한일문학 대상 시집 『젖은 빛』, 『꽃으로 온 아가』, 『부활절 아침』,
『빛으로 온 아가』.

세상을 보는 통로 외

황 소 지

안방 창으로 바다가 보인다
깊고 푸른 청정한 바다
세상의 물은 겸손하게 흘러들어
크고 거대한 바다 만들었네

거실 창밖 푸른 청산자락
반짝이는 눈부신 신록 세상
어울려 맑은 산소 품어내어
세상을 정화하고 있네

나는 지금
무엇을 하고 있나

홍매 벙긋하다

벗이 홀연히 떠나
세상은
적막한 겨울이었네

눈 비 오는네
홍매가 꽃망울 벙긋해
봄 생명을 알리네

황소지
1992년 《에세이문학》 등단. 부산문인협회 부회장. 부산여성문학인협회 이사장 역임. 부산문학상, 한국여성문학상 수상. 수필집 7권.

경주산책 외

허충순

 신라의 왕들은 대개 들판에 근사하게 누워 있지만 선덕여왕 능은 산속에 있다 한참을 오르는 중턱이다 수많은 굽은 소나무들이 위병처럼 가로막고 지킨다 여자가 왕이어서 나라가 망한다는 귀족들의 반발이 송홧가루처럼 날린다 도리천이 여기인지 여왕은 시꺼멓게 타버린 가슴을 씻고 덕만으로 돌아가고 솔잎에 비 떨어지는 소리로 사운대고 있다 천지에 곧 물방울 관음이 내릴 것 같다

섬

태풍을 뚫고 온 배가 희망이 아니라
절망이라는 이름이라면
어떻게 불러줄까

매일 아침 징징대며
쇠굽을 박은 채 일생 뛰어나기만 하는 샐러리맨이
어느 날 바닷가에 앉아
파도에 희미한 별빛을 씻는다면
그걸 또 뭐라 부를까

외로움들이여
그렇게 살면 된다는 것

떠나는 막배를 그냥 내버려두듯이
그 뒤를 따라가 보는 달빛을 내버려두듯이

허충순

부산출생. 2005년 《문학예술》 등단. 해운대문인협회 회장 역임. 청양회 회장. 문화체육부장
관상, 부산차인문화상, 부산예술상, 한국꽃예술상, 해운대문학상 등 수상. 시집 「꽃 그림자 찻
잔에 담아」, 「화문」, 「꽃 화문」.